句集

此方暗

コナタグラ

雲わき　山は考え　月は死を思い
君の詩を読むと日本の詩情の根源に帰った気持ちになる
瞬間　瞬間にいのちが活きている

石田先生からの手紙より

元　昭和女子大学教授　　石田 吉貞

妻の持ち帰る夏はいのちの請求書

病院の樹木は何も話さない

妻の書く宛名のない手紙
やさしい陽の当たる手紙を下さい

母さんの音のする淋しいそろばん
母をさがす子どものままでいる

若かりし母の面影エリーゼのために
いつか死ぬアロエに静かな水をやる

爪ふかく切りすぎた夜のことば
静かな雨　無口を詫びる

窓からなんにも見えない竜二は昔の仲間

アパートの窓　少年の忘れた野球帽

雨空の滑り台にひとりぼっちの小学生

月世界少年はおおきな黒いマフラー

浅草花やしき少年が連れ去られた

風尖る舗道にドブネズミ死んでいる

嫌われて黄昏からはみ出してゆく
罪ふかく月の裏までつれてゆく

片隅に椅子倒したまま月へ行ってしまった

月ノ夜ニナル着信音ナミダ

自動販売機の雨なまぬるい夜を買う

誰ですか冷たい指先中央線

紫だいこん花咲いた夫婦のアルバム

妻のコップで水を飲む如月の風類を刺す

背中ぜんたい女房のなみだ
ぶつかり合った言葉がすすり泣いている

私の名前があなたの名前をでられない
コンビニへあわてて愛を買いに行く

ポプラななめにつっ立つ女房のお母さん

言葉からみ合う幸福の洗濯機

近くなり女房遠くなり紫陽花

雨漏りの嫁をひきずる

君という人僕という人冬の月

寄り添えばりんごジャム

春一番あなたでいっぱいになる
めくるめく乱れた毛布を掛け直す

ひらひらゆらゆら彼女はうそをつく

お帰りなさいと淫らなスープ

だらしなく箸が二膳置かれている
溶けだした意地悪なチョコレート

ベッドからずり落ちた蒲団の無言劇
わかりあえないふたりでじたる

腕枕に溺れる
春なのにあなたをいじめてみたくなる

支度する父には聞こえない言葉
くだもの屋の奥に春色の悲しみ

西瓜売れ残る妻は子を腕に抱き

雨にうなだれるキイちゃんの自転車

空に靴下ぶらさがる色の無い黄昏

老人は死ななければ自転車

世の中の膝をかかえてねむる父

父は父のまま散り夏のお祭り

夏野菜母の秘密父の嘘

やめるや婆さんつるされて爺さん

朝の汗夜の汗八百屋うなだれる

重陽の水を吸い父母の墓に咲き

区役所からの書類が地球を秋にする

石段につまずく夫婦の秋明菊

百日紅となって咲きますのでサヨウナラ

写真に写ったふたり生きてきてひかり

年老いたてのひらが探している
老いらくの恋とかフラワームーンの夜明とか

南神大寺団地徘徊老女裸足の未明

県営団地百日紅老女愛子は娘を捜す

老婆犬になり日薄く差す暮らし

夜が明ける空き地の水溜りはおんなの屍

誰あれも来ないよ！お通夜のスープ

悪意なく百日紅サルスベリと老女たち

老いておとこのうららかに垂れ下がり

捨てられた傘ばかりがバスにのる

介護施設の放置自転車

枯れ葉しどろもどろに舞い落ちる

父であり冬至の暗い海である

戒名短くて線香点したままにする

濡れた傘にんげんずらっと干され

死ニゴミ

入場無料の空が落ちてくる
濡れた傘は淋しさだけを覚えている

この弱きいきものの連絡帳
遠くを見ている子に車イスのくる日

ポケットから差し出すこころの診察券

雪でもないのにレンドルミン十四錠

ゴミの中から聞こえる麦わら帽子のうた

負け犬のシャツ脱ぎ捨てる晩夏

少年のうしろ姿のままでいる

空振り三振少年の真っ赤な笑顔

お早う！海老原君は雨あがりの自転車

白いシャツ背中ふくらませてさくら

洗濯機まわる町じゅう白いよろこび

朝晴れた赤いトマト刃物の先

雨あがる向こうの丘の家々の風景

朝の人美しく横浜地方裁判所

赤茶けて染みついている一ページの昭和
この夜の終わりの電車が通り過ぎてゆく

冬が吠える犬の背中が下りてくる

夕暮れ犬は踏ん張る天使

いいことあるさ大きな革靴はいて出てゆく

場末の夏は似顔絵かきのスケッチブック

黄色いデッサン空想の自転車に乗って
舞うさくら芯の折れた私のえんぴつ

古着屋のシャツになるおんな
生きるすべ向かいに座る深紅の靴下

指先の芍薬みだらに崩れ落ち

裏切りのシーツの皺に海と空

ハナミズキねむたい真昼のホテル街
淋しくて蜜入り林檎を買ってしまう

脱ぎすてた夜の匂いと長い黒髪

凌霄花満開の太腿

堕ちるところまで落ちて夏に従う

夏色の悲しい絵具を厚く塗る

耳穴へ心地よく黄昏すべり落ち

失くした体臭さがす男の洗濯槽

啓蟄の虫に宿っている狂気
悪意の穴あいた靴は捨ててしまう

海ふかく深い眠り電車のひびき

菫咲く恥ずかしさのどん底にいる

夕焼けのカーテン閉めるしらじらしい嘘だから
そのあとの優しい言葉さくら散る

待ちくたびれているベンチ

犯罪心理学まひるの本屋を出る

這いつくばって探す靴擦れのことば
サヨウナラ怒りの出口から返信

西日差す如月おんなの捨て台詞

冬の海青く尋ね人の古びた写真

私です私ですよ浅蜊口ひらく

白湯にする白い薬のさくら咲く

風の石段登ってゆくゆきずり

凩のあなたの後ろに妻がいる

諍いもありました躑躅も咲きました
ぼくたちの天気予報はずっと雨

裸木迷いなく空を見あげる老夫婦

抽斗の奥に仕舞う私の遺影

優しさも哀しく映るおとこの横顔

黴の生えた南瓜の雑談

一日中曇る川向こうのプレス工場

眠たい雨ふる村雨橋は鐵の橋

地震アラーム三月三時のポップコーン

線状降水帯アガパンサスの忍従

肉体でしかなくガラス窓を拭く
洗濯物はためく窓辺のオペラ

風の木風の音海黒く海へ抜けてゆく坂道

外されたホースの口から溢れる殺意

夕暮れの空から鎮痛剤

四月二十七日の地下通路から出られない

句の出来そうな今朝はウクレレ

部屋干しのビルエバンスゆれている

北鎌倉駅フランス人のフランス語
雪の夜の今でもガーシュインは好きですか

一面の落ち葉のひかりを掃く
喪の葉書き数えつつ読む老人として

現実に負け新聞うしろから読む

洗濯物チヂンダおとこの朝を干す

月にすくわれる海のさみしさ
寂しささえも分かち合えない

小春日に妻の窓辺のフェルメール
つくづくつづくひらばやし

踏切に人の立ち入り春停止

母は娘を抱き続ける幸福の重さ

巨大な機影黄色い街の赤ん坊

徒に俳句的沈潜に止まらず、前進してゆく自由律俳句の一つの証であり、たのもしいことと思う。昭和も平成も、こころを詠うことに変わりはない。それが俳句の生命だと思う。

俳句研究　平成元年　五月号「昭和俳句検証」より

元　海紅社社主　　　中塚檀

平林吉明　略歴

1952年11月3日　　横浜に生まれる

著書　1999年11月　詩集「オノノキワハバタク」

表紙の絵　　星野鐵之　　　「林」

　　　　　　四谷十三雄　　「家族」

句集　此方暗（コナタグラ）

著者　平林吉明

2022年5月10日　発行

発行／蒼天社　野谷真治

〒259-0124　神奈川県中郡二宮町山西854

TEL&FAX　0463-72-6601

発売／汎工房

〒181-0005　東京都三鷹市中原4-13-13

TEL　0422-90-2093

製作　彩企工房

印刷　山王印刷

定価本体700円
